Sandra Keck
Ganz schöön ... *Keck*!

Sandra Keck

Ganz schöön ...
Keck!

Verlag Michael Jung

Der Verlag hat die plattdeutsche Schreibweise
von der Autorin unverändert übernommen.

Besuchen Sie uns im Internet:
www.verlag-michael-jung.de
www.sandra-keck-fanseite.de

1. Auflage 2011
Alle Rechte vorbehalten
© 2011 by Verlag Michael Jung, Postfach 2604, 24025 Kiel
Titelfoto: Maike Kollenrott und Privatfotos Nicole Lödige
Gesamtherstellung:
Hans Kock Buch- und Offsetdruck GmbH, Bielefeld
ISBN 978-3-89882-121-6

K-E-C-K

Ick mag dat nich hebben, wenn de Lüüd mien Naam falsch schrievt.

Ick kann dat nich utstohn, wenn de Minschen sick nich de Möh mookt to fragen: Woans schrifft een denn K-e-c-k?

Dat is mi sogor al passeert, dat se dat E mit een A verwesselt hebbt, na, un denn war ick richtig füünsch, dat köönt Se aver glöven!

Annerletzt weer ick bi'n Slachter, ick wull wat bestellen un dor hett he mi na mien Nanaam fraagt.

„Keck as kess", heff ick seggt un in twee Ogen keken, de mi seggen: Hääh?

Also, heff ick sinnig bookstabeert. „K as Koh, E as Eber, C as Charolais Rind un noch 'n K as Kaltbloot."

Dat hett he verstohn, so weer de Metzgerwelt wedder in Ordnung.

Dor heff ick mi dacht: Villicht liggt dat an di, villicht musst du di mehr op de Minschen un ehr Profession instellen.

Also bookstabeer ick vun nu an bi'n Gemüsehööker üm de Eck: „K as Kohlrabi, E as Eisberg, C as Chicoree un wedder K as Kresse, allens Kohl, äähh, allens kloor?"

Nu hett mi ehrgüstern de Polizei op de Straat anholen.
Se hebbt mi vörsmeten, ick weer veel to gau: „Kann gor nich angohn", heff ick antert, man denn hebbt se mi een Video wiest un dor heff ick bi mi dacht, ut de Geschicht kümmst du bloots noch mit 'n Batzen Humor un een gehörige Portion Plie rut.
As de Udel mi also na mien Naam fraagt hett, heff ick fröhlich bookstabeert: „K as Knast, E as Einbruch, C as charmante Heirotsschwindler un noch 'n K as Kreditkartenbetrug."
De twee Udels hebbt dat so lustig funnen, dat se mi stantepee in so een Rörchen puusten laten hebbt.
Ick heff opgeregt antert: „Ick bün doch nich besapen, ick drink nie nix, un ick bün ok noch nie nich to gau wesst, dat köönt Se geern in Ehrn plietschen Computer nakieken."
„Ah, richtig", hett de Snösel dor ropen, „hier hebbt wi Se ja. Mien Kollegen harrn ja al mol de Ehr bi een Verkerskontrolle. Hier steiht dat: Keck! K as kiebig, E as entnervt, C as cholerisch un noch 'n K as Klappsmöhl!"

Kapitulation

Ick heff een Schohtick! Ick geev dat to, dor is ja ok nix bi!
Ick smöök nich, ick drink meist gor keen Alkohol, man ick heff förwiss föfftig Poor Schöh in 'n Schapp!
Ick kann dor eenfach nich gegen an, wenn ick to'n Inköpen goh, denn bring ick Bodder, Melk, Broot un Schööh mit na Huus!
In de eersten dree Johren hett mien Mann ja noch över mi lacht, aver nu, wo wi meist gor keen Platz mehr hebbt, för mehr as söventig Poor Schöh, dor murmelt mien Gatte doch af un an mol wat vun Therapie. Mannslüüd!
Mien Söhn is dor ganz anners, heff ick tominst dacht!
Güstern weer ick mit Lütt Gregory inköpen.
Dat Fröhjohr steiht vör de Döör un ick heff gor keen Turnschöh in hellgröön. Sowat bruukt een moderne Froo vun hüüt, also sünd wi twee tohoop in de Stadt klabastert!
Gregory weer bannig tapfer, he hett sick daalsett un sien lütten Been buumelt, he hett bloots af un an koppschütt un mi mitledig ankeken!
Na dat sössste Poor is he opstohn un ick heff dacht: Na, nu ward em dat to bunt, he hett de Nees gestrichen vull!

Nix dor: Gregory hett bloots eenmool deep Luft hoolt!

As ick denn de Verkööpersch fraagt heff, wat se mi villicht de gelen Slipper ok noch in een anner Farv bringen kann, dor hett Gregory bloots sien Lolly ut de Tasch nahmen, mi stumm ankeken, un sick, mit daalhangen Kopp, wedder hensett!

Dree Stünnen un fief Schohgeschäfte later, weer ick över sien Gedüür batz erstaunt! He hett nich jammert, nich queest, nee, he hett dat allens dörchstohn as een richtig dägten Kerl!

As wi denn endlich, na söven Poor smucke, neee Schöh, bi 'n Iescafe to sitten kemen, dor heff ick to mien Söhn seggt: „Schatz, ick heff een ganz slecht Geweten, man du weerst so tapfer! As Belohnung wöör ick di geern een Kleenigkeet köpen."

Dor seggt de lütte Fent doch ganz frech to mi: „Dat laat man na, Mama! Papa hett mi een Carrerabahn verspraken, wenn ick hüüt mit di in de Stadt goh – anners, anners harr ick al lang kapituleert!"

„Wenn de Mudder mit den Söhn…"

Kattenjammer

Wi hebbt een Katt! Nich för jümmers, nee, bloots för teihn Daag un dat langt ok, denn ick kann Katten gor nich utstohn, mien Mann is allergisch un uns Söhn veel to lütt för een Huusdeert!
Nu hebbt wi aver Lilly, denn ick heff in een Momang vun geistige Umnachtung uns Navers toseggt: „Kloor, wi nehmt de Katt, dat ward seker lustig!"
Lustig!
Lilly hett gor nich freten! Toeerst heff ick mi nix dorbi dacht, wenn se Hunger hett, ward se ehr stinkig Fudder woll anröhren.
Na ja, na veer Daag heff ick in't Theater mol fraagt, wolang een Katt dat woll överleven ward un all hebbt mi bloots mitledig ankeken: „Wat, ji hebbt een Katt un se fritt nich?"
In de Nacht in Drööm heff ick al bi uns Navers in Urlaub op Teneriffa anropen un seggt: „Deit mi Leed, jo Katt hett een Hungerstreik anfungen, jüst eben leeg se noch op mien Schoot, man nu is se doot!"
De beiden lütten Deerns, de Lilly egentlich tohöört, hebbt sick meist de Klüsen ut 'n Kopp blarrt un wi müssen leider ut uns Wahnung uttrecken,

denn mit düsse Schann kunnen un muchen wi nich mehr leven …

Gott sei Dank weer de Hunger denn doch to groot un Lilly hett sick eerst över mien Topplanten hermookt un is denn ok an ehrn Napf gohn.

Egentlich is se ganz smuck, gries mit gröne Klüsen! Se kratzt nich, biet nich un lett sick sogor vun Gregory op den Arm nehmen un meist harr ick mi an dat Kattendeert wennt, dor fallt ehrgüstern utversehn de Wäschestänner meist op ehr daal un siet de Tied is Lilly weg.

Wi hebbt ehr överall söcht, man se is nich opdückert.

Wi hebbt ropen un bedelt, hebbt de hele Wahnung op den Kopp stellt, man de Katt blifft verswunnen!

Ick weet dat genau, jichtenswo sitt dat vermalligte Deert un höögt sick!

Wi hebbt sogor in't Treppenhuus keken, een weet ja nie nich, wat se nich ut de Huusdöör verswunnen is, de Beester sünd so asig gau.

Morgen fröh koomt de Navers trüch ut Spanien un denn will ick gau Kattenklo, Kratzboom, Fudder, Korf un düsse dösige Katt wedder loswarrn, denn ick kann Katten gor nich utstohn!

Luxus

Na goot, ick geev dat to – ick goh na de Kosmetik un af un an ok mol to Massage!

So'n beten Luxus deit mi bannig goot, un achterna föhl ick mi eenfach wunnerbor! Dat is Balsam för Liev un Seel!

Mien Kosmetikerin heet Olga, kümmt ut Novosibirsk un is nich graad een Plappermuul, nee, wenn ick mol ganz ehrlich bün, ick weet nich mol ehrn Nanaam, denn se kriegt de Tähn nich goot utnanner. Is doch ok schietegol, ehr Hannen, de sünd Gold wert.

Nu weer ick annerletzt wedder bi ehr un Olga hett mi, mit wenig Wöör, verkloort, dat se för twee Maand na Novosibirsk to ehr Familie reisen wöör, un dat een gode Fründin dat Kosmetikstudio wiederföhrt!

Ick heff bi mi dacht, mol kieken, wat dat för een is – un bannig neegierig bün ick de komen Week in't Studio gohn.

Harr ick dat mol lever laten, ehr Naam weer Britta un se weer so düütsch, düütscher geiht dat gor nich – ehr Handdruck hett mi meist de Pote quetscht, ehr Stimm klüng as een rusten Geetkann, un ick fraag mi bit hüüt, woans de Froo to Aten komen is!

Na dree Minuten wüss ick allens vun ehr – noch dree Minuten later, ok allens vun ehr veer Ex-Mannslüüd!

Stellt Se sick dat bloots mol vör, al veermol verheiroodt, keen Wunner, de Mannslüüd sünd ja ok nie nich to Woort komen bi düsse Sabbelsnuut!

Ehr Muulwark hett nich stillstohn, twintig Minuten later hett mien Kopp brummt as een Immenkorf un mien Rüüch weer leger as vörher!

Kosmetik, Massage, dat is egentlich Entspannung pur, dat is Luxus un Roh, man düsse Britta hett mi soveel vun ehr Neurodermitis un Schuppen vertellt, dat bi mi al dat grote Jucken anfüng!

Nee, heff ick dacht, rut hier – rut un af na Huus, gegen düsse Quasselstripp is uns Söhn Gregory ja een Mönch, de dat Swiegstill-Gelübte afleggt hett!

Olga! Olga ut Novosibirk, wenn du mi an't Radio hören kannst – kumm gau wedder – ick tööv op di, du büst de Beste! Ok, wenn du nix seggst – puttegol, denn mi is nu kloor – in't Kosmetikstudio heet dat: Sabbeln is sülver, man Swiegen is Gold!

Op un daal

Wat? Ji wohnt in 'n negenten Stock?
Na, wunnerbor, denn mutt ick ja den Optog nehmen. Un ick kann dat nich utstohn, dor hockt een mit wildfrömde Minschen in een lüürlütte Komer tohoop – wenn du Glück hest, kiekt se all in anner Richtungen un hoolt den Sabbel, de Froonslüüd hebbt ehr Eau de Parfüm an Morgen vergeten un du steihst ganz vörn an de Döör!
Man, wenn du Pech hest, töövst du fief Minuten op den Optog! Steihst denn ganz achtern, wenn twee enorme Mannslüüd mit een groten, swatten Köter mit Muulkorf rinkümmt, un bi mien Pech hett de Hund ok noch Blähungen ...
Nee, goh mi af, ick kann dat nich utstohn, dat af un daal in 'n Optog mookt mi nervös!
Dat Beste is, du hest een Kind an de Hand, wenn du in den Optog stiggst, dat knackt jüm all, de ole Froo mit dat strenge Gesicht: „Mami, woso kiekt de Froo so böös? Is ehr een Luus över de Lebber jumpt?"
Dat Levespoor, dat sick sackwiese Söten gifft: „Mami, is de Mann bi de Froo fast backt?"
Den jungen Mann mit den i-pod op de Ohren: „Mami, kann ick Bob, der Baumeister, hören?"

Den türkischen Vadder mit dree Melonen op 'n Arm: „Mami, ick heff Hunger!"
Den Mann in't Mittelöller mit de Beerbuddel in de Hand: „Mami, ick heff Döst!"
Du kriegst jem all, ok de dree Teenies, de in Glitzerkledagen beten to deep in den Sminkpott grepen hebbt: „Mami, is al wedder Fasching?"
Un ok de grote Hund mit de Verdauungsstörung is in so een Momang nich so gräsig: „Mami, de Hund hett pupst!"
Ick heff besloten: Optog bloots noch mit Göör, dat mookt eenfach mehr Spooß!

Pünktlich

Ick bün jümmers pünktlich! Ick bün nie nich to laat! Nie nich!
Un ick kann dat ok op den Doot nich utstohn, wenn anner Lüüd jümmers op den letzten Drücker koomt. Dat is för mi ok to laat!
„Fräulein Pünktlich" weer al fröher mien Spitznaam!
Op de Uni un in 'n Kinnergoorn!
Wat 'n Glück, dat mien Mann jüst so mall is as ick, de kümmt ok jümmers to fröh – pünktlich, meen ick!
Wenn wi to'n Bispeel bi mien Broder un sien Froo an Sünndagmorgen to'n Fröhstück inlaad sünd, denn kann dat goot passeern, dat mien Broder noch ganz verslopen in Nachttüüg de Döör opmookt.
Wenn Florian mi denn ganz verdattert fraagt: „Weern wi nich so gegen 11.00 Uhr verabreed?"
Denn anter ick munter: „Ja, un nu is dat halvig teihn! Rut ut de Puuch! Wi sünd al dor!"
Dorbi fallt mi op: De beiden hebbt uns al bannig lang nich mehr to sick na Huus inlaad, se koomt lever na uns röver!
Ick bün ja ok al jümmers twee Stünnen vörher fix un fardig, un wenn de annern denn mol wedder

so'n „akademischet Viertel" to laat koomt, denn bün ick al in Brass!

Ick heff ohnen den fasten Globen, de Minschheet deelt sick in twee Lager: De Minschen, de jümmers seggt: „Ick bün al dor!" Un de annern, de sick jümmers wat vun Stau, dode Oma oder Amnesie in den Bort stammelt.

Ick bün jümmers pünktlich, un wenn ick mol nich dor bün, denn bün ick doot!

Nu hett dat meist den Anschien, as harr uns Söhn Gregory düsse Pünktlichkeet arvt. De is nämlich jeeden Morgen Klock söss putzmunter! He patscht mi mit sien Hannen in't Gesicht, treckt mi de Bettdecke weg, laat sien asig lutet Polizeiauto op mien Rüüch op un daal fohren un is heel vergnöögt in de Gang!

De is garantiert pünktlich un krakeelt: „Ick bün al dor!!!!"

Tja, un denn fraag ick mi, wat Pünktlichkeet denn ok würklich so een Tugend is???

Sauer

Ick bün sauer, ach wat, ick bün sowat vun in de Brass, dat glöövt keen Swien!
Ick fohr Auto, dat is ja egentlich nix, wo een sick över argern mutt – man mien Auto fohrt nich!
Dat geiht doch nich! So'n Auto dröff nich rümstohn, dat mutt sick bewegen, in de Gang kümmen, sotoseggen.
Wenn een Auto nich fohrt, denn is dat ok nix wert.
Uns Auto hett een Motorschoden un de Reparatur kost, Se ward dat nich glöven, meist sövendusend Euro, wat dat in D-Mark is, dat mag ick gor nich utspreken!
As wi den Wogen in de Werkstatt harrn, dor hett uns de KFZ-Meester mit een Truuermien vertellt: „Gratulation, Se hebbt den eenzigen Luxuswogen vun düsse Autokette mit 'n Motorschoden! Dor heff ick noch nie nich vun hööt, dat een Auto vun düssen ‚Creator' een Motorschoden hett!"
Man, nix is unmööglich!
Na, Klasse! Heff ick dacht: Op dat Privileg harr ick würklich geern verzicht! Also, heff ick een höflichen Breef an düsse Autofirma mit Sitz in Mainz schreven!
Heff ick Se nu verwirrt?!

Ick heff den Breef mit Witz un Plie opsett un bavento all de Rekens kopeert! Naiv as ick bün, heff ick glöövt, de ward förwiss mitleedig sien un uns een poor Euro entgegenkomen, tominst een Autowäsche ward doch woll dorbi rutspringen?!
Pah, Pustekoken, de Wöör Kundenbindung, Kulanz, Mitleed gifft dat in de Autobranche woll nich!
Dor krieg ick doch wohrhaftig een upstanaatschen Breef retour, in den se mi kloormookt: Bi een Auto, dat al fief Johr oolt is un meist hunnertdusend Kilometer op 'n Puckel hett, dor kann sowat al mol vörkomen! Dor mutt 'n al mol so'n beten Geld för een „lütte Reparatur" op den Disch leggen.
Lütte Reparatur? Ja, wo leevt wi denn? Ick snack hier nich vun twee Euro achtzig, dat geiht üm sövendusend Euro! Dor köfft anner Lüüd sick een ganzet Huus för!
Wenn sövendusend Euro bloots so'n beten Geld sünd, denn mööt wi am Enn noch twee Euro för 'n Liter Benzin betohlen … Uuups!
Wi hebbt dat Geld henbläddert – un wi hebbt unsen olen Wogen mit 'n neeen Motor wedder vör de Döör stohn.
Dorför mookt wi düt Johr keen Urlaub.
Un wenn doch, denn fohrt wi mit 'n Rad!

Vörbild

Ick glööv, ick bün kriminell – nich ganz dull, aver tominst 'n beten.
Ick goh nämlich bi Rot över de Straat – wenn keen Auto kümmt, versteiht sick!
Also, mol ganz ehrlich, ick seh överhaupt nich in, woso ick stohnblieven schall, wenn nich mol een Mofa in Sicht is.
Ick renn natürlich nich dumm un dösig över een sössspurige Straat in Berlin-Mitte, ick bün ja nich bekloppt.
Man woso schall ick mehrn in de Nacht bi Regen un söss Grod ünner Null an de Ampel stohn, wenn rein gor keen Swien op de Straat to sehen is?
Kümmt överhaupt nich in de Tüüt un dorüm bün ick kriminell, tominst so'n beten!
Nu bün ick ja aver ok Mudder vun een kecken, veerjährigen Jungen un ick weet natürlich üm mien „Vörbild-Funktion"!
Is mien Söhn in de Nögte oder jichtenseen anner Göör ünner sössteihn Johr, bliev ick natürlich an de rode Ampel stohn, dor köönt Se sick op verlaten, ick röög mi nich vun de Stää!
Un, is dat to glöven, ick heff jümmers noch een

slecht Geweten, wenn ick alleen bi Rot losgoh – ok wenn överhaupt keen Auto kümmt!

Un annerletzt heff ick mi so asig verjagt, dat ick vun nu an ganz brav an jede rode Ampel stohnbliev…

Ick bün in de Stadt un heff dat mol wedder bannig ilig. Ach, woso schall ick bi Rot töven, dor kümmt nix, also jump ick röver!

Mien Foot is al op de Straat, dor bimmelt mien Handy.

Ick heff so een neemodischen „Ackersnacker" un ut Jux un Dolleree heff ick mien Söhn dor opsnacken laten: *„Mama, ich bin dran, geh mal ran!"*

Also, mien Handy bimmeln nich mehr – dat gröhlt bloots noch: *„Mama, ich bin dran, geh mal ran!"*

Meinzeit heff ick mi verjagt un prompt weer dat slecht Geweten wedder dor!

Also, nix as trüch op den Bürgerstieg un ganz sinnig op dat gröne Männchen töven. Danke, Greggi! Godet „Timing!"

Ünnerbüxen

Uns Söhn is dröög, al siet twee Johren!
Noch nich ganz achter de Ohren – man in de Büxen!
Gregory ward düssen Maand fief.
Un he hett in de letzten twee Johren villicht teihnmol vergeten, dat „Pademang" optosöken.
Bi't Spelen oder in't Auto is dat Malöör passeert un, to'n Glück, nie nich in't Bett.
Man nu geiht nix mehr in de Büxen, schließlich is he ja al groot!!!
Nu hebbt wi bi uns tohuus sotoseggen een open Huus, dat heet, faken sünd Kinner bi uns to Gast!
Greggi is bannig beliebt un jümmers fraagt de Gören ut den Kinnergoorn, wat se nich mal mit to Greggi na Huus komen dröfft.
Wi mookt dat ok ganz geern mit, denn mehrstieds is dat so, dat de Lütten denn de Kinnerzimmerdöör dicht mookt un eerst een Stünn later mit hochroden Dööz un Dösst wedder rutkoomt.
Nu is dat in de letzte Tied dreemol vörkomen, dat de lütten Deerns un Jungs, de wi to Gast harrn, denn in de Hosen pieschert hebbt.
Se sünd denn mit daalhangen Kopp to mi komen un hebbt flustert: „Ich hab in die Hosen gemacht."

Dat is ja keen groot Malöör, ick heff mi bloots wunnert: Denn de „lütten Groten" sünd ja ok al fief Johr olt – meist sogor noch öller!
Ick heff jem denn een von Greggis Ünnerbüxen antrocken un nich wieder doröver nadacht!
Nu is ehrgüstern aver een Geschicht passeert, de hett mi de Ogen opmookt. De lütte Lotte, een ganz söte, blonde Deern weer bi Greggi to Gast un na een halvig Stünn, stieht se mit glöhnige Ogen vör mi un zwitschert: „Ich hab die Hosen voll – krieg ich jetzt auch eine von Greggis Rennfahrer-Unterhosen?"
Nachtigall, ick höör di trapsen! De Kinnergoorngören sünd organiseert! Dor geiht dat de Rünn: „Bi Greggi to Huus bruukst bloots so'n beten in de Büxen pieschern un achteran kriegst du een vun düsse neemodischen Rennfaher-Ünnerbüxen an!"
Ick bün ja een Dussel! Ick heff dacht, mien Söhn is beliebt!!!
Nix dor, bloots sien Ünnerbüxen ...

Bestseller!

Hebbt Se sick al mol fraagt, woso dat Böker gifft, de Bestseller sünd un anner liggt as Blei in de Regale?

Ick glööv ja, dat hett wat mit den Book-Titel to doon.

Mol ganz ehrlich, wenn een Book: „Dat Leevsleven vun Muulwörpen ut de Mongolei" heet oder: „Ursula, de Froo in Puuschen vun blangenan" ... kannst du vergeten, köfft keen Swien!

Villicht de Familie vun den Autor, aver ok dat förwiss nich freewillig.

Wenn so een Book denn aver: „Ick bün denn mol weg" heet, denn kannst du di ganz seker sien: Dat ward een Bestseller.

Un weet Se ok woso? Wiel all de Lüüd, de in Pension goht, de mol een Johr dör de Welt reisen wüllt oder de bloots mol gau een poor „Zigaretten" holen wüllt, wiel all düsse Lüüd, düssen Bestseller geschenkt kriegt.

Bi jede Trennung kannst du een Book mit so'n Titel op de gepackten Kuffers vun dien Ex-Partner leggen!

Oder achter Trallen, wenn du utbüxt büst, liggt dat Book op de Pritsche... „Ick bün denn mol weg!"

Op Hafturlaub, op Reisen, op Safari, op de Noversch … Uuups – Tschuldigung!

Du kannst dien Bestseller aver ok bannig figeliensch, tweedüütig „Feuchtgebiete" nömen!

Denn is de Erfolg ok garanteert, denn jeedeen will weten, geiht dat nu üm Vagels an Amazonas oder Vagels in London oder üm Vagels … Na, Se weet al, wat ick meen.

Üm den Inhalt vun dien Bestseller bruukst du di mit so een deegten Titel denn ok gor keen Kopp mehr moken.

Du schriffst eenfach tweedusenveerhundertmol dat Wort Vagina un na dat twinitgste Mol, glöövt de Leser, dat is een Froonsnoom, de Fründin vun blangenan heet so.

Af un an mutt 'n aver ok bannig vörsichtig sien, wenn een so'n Bestseller verschenken deit: Ick bün denn mol weg an … Jopi Heesters?

Na, dat weer denn doch woll so'n beten to fröh!!

Rente!

Uns Söhn Gregory is fief Johr oolt un siet mehr as dree Johren al in de Kita. Wi hebbt domals dacht: Hauptsaak, de Jung kann weglopen un nee brüllen, denn kümmt he dörch dat Leven.
He geiht ganz geern in den Kinnergoorn, man ick heff dat ok nich swoor, em to besabbeln, dat he den Dag mit mi verbringt.
Wi hebbt denn al beid so'n Slecht Geweten, een Geföhl as wöörn wi „schwänzen"!
Froo Höber, so heet de Erzieherin in Kinnergoorn, de Greggi würklich geern mag – un Froo Höber hett nu ankünnigt, dat se in Rente geiht!
Man vörher will se noch mit all de Kinner een deegtet Fest fiern un Atschüß seggen.
Greggi weer ganz opgeregt, he mag Froo Höber doch to un to geern lieden un kann gor nich verstohn, woso se denn nich mehr mit de Kinner ut den Kinnergoorn tohoop sien mag!?
Ick heff em vörsichtig verkloort, dat Froo Höber ja nu ok al so'n beten wat öller is un in Rente geiht. Se will sick dat schöön moken, de Sünn op de Huut spören un noch ordentlich wat vun't Leven hebben. Un all dat ahn Kinnergebrüll un vullsabbert Kledagen.

Ick heff dacht, he hett mi verstohn un wi hebbt dor ok al lang nich mehr vun snackt.

Nu Hett Gregory mitkregen, dat sien Opa, wat mien Vadder is, nu ok mit fiefunsösstig Johren in Rente gohn mutt, dat is een groot Thema in de hele Familie.

Ick bün doroptokomen, as sien Oma, wat ja mien Mudder is, Gregory verklookfiedeln wull, wat dat denn heet, wenn een Minsch in Rente geiht.

Se wull jüst losleggen, dor hett Gregory vörwegnahmen: „Ich weiß schon Oma! Opa is nu mit Frau Höber zusammen. Die beiden ziehen jetzt zusammen nach Rente, lassen es sich gut gehen und die Sonne auf den Pelz scheinen."

„Ja", hett Oma dor verdutzt antert, „mit di schient ok jümmers de Sünn, du söten Schietbüdel, denn keeneen verkloort de Welt so schöön as du!"

Typisch, Mann!

Se dröfft dat nich wiederseggen, man mien Mann Stephan is de typischste Mann, den een sick vörstellen kann.
Nich bloots, wat dat krank sien angeiht. Na, ick heff Se ja al een poor Mol vertellt, dat he bi jeedeen lütten Snööf glieks denkt, dat geiht an't Starven.
Nee, is is ok anners ganz „typisch Mann!"
Wi leevt nu al siet foffteihn Johr tohoop un güstern fraagt he mi ganz ernst: „Schatz, hebbt wi egentlich Ünnertassen?"
Ick dorop: „Also Schatz, wenn du de Dinger, de jeedeen Morgen siet tominst 12 Johr, denn de ersten dree Johr hebbt wi ja noch nich tosomen wahnt, bi't Fröhstück vör di stoht, Ünnertassen nömen willst, denn wöör ick seggen: Ja, wi hebbt Ünnertassen – bestimmt twintig Stück, to jeedeen Tasse een!"
Is nich to glöven, oder? Annern morgen steiht he mehrn in de Köök, direktemang vör dat Köhlschapp un fraagt mi, wat wi noch Joghurt hebbt. Een Blick harr langt, aver he fraagt mi, de ick kommodig in de Baadwann liggen do.
Oder wi fohrt den Weg na mien Öllern, dat mookt wi ok al siet foffteihn Johr un de wohnt nich in de

Wokeen grient an dullsten?

Wallachei in een düster Wald, ahn Straten un Zivilisation, nee, direktemang in de Stadt.

Un mien allerleevsten Mann fraagt mi: „Hier mööt wi doch links, oder?"

Wenn mi denn de Kragen bassen deit, seggt he bloots: „Dat is doch allens so unwichtig, ick will mien Gehirn nich mit so dösige Saken belasten … Ick fraag di eben ok geern un du kannst di dat ja allens marken!"

Nu geev ick ja to, Ünnertassen un Joghurt in Schrank dat is nich de Nabel vun de Welt, aver ick bün bang, dat em eens daags mien Naam nich mehr infallt.

„ÄÄÄH, du, segg mol, wo geiht dat hier na uns Slaapstuuv?"

Achtung, dor kümmt mien Mann un hett een bannig groten Rückelbusch in de Hannen.

„Na, Schatz, wat is denn mit di los? Hest du 'n slecht Geweten?"

„Nee", seggt he, „hüüt is uns neegente Hochtiedsdag un dat kann un will ick mi marken!"

Höörspill

Ick bün mit Höörspele opwussen! Ick kann mi noch nip un nau an de sonore Stimm vun Eduard Marks erinnern, de bi uns to Huus de Märken un Döntjes mit sien wunnerboret Organ vörleest hett.
Ick harr sogor een egen Kassettenrecorder.
Kennt Se doch noch, oder! Ja, Se, aver fraagt Se mol mien Söhn na Kassetten oder Schallplatten, denn kiekt he mi ganz snaaksch an un schüddelt bloots sien lütten Kopp!
I-Pod, Blue Ray un DVD oder tominst CD is hüütigendaags anseggt, aver de gode ole Höörspillkassette gifft dat bloots noch in Trödelloden.
Mien Söhn hett nu de Höörspele för sick entdeckt. Na de Kita geiht he in sien Stuuv un mookt sick een Höörspill an.
Un wenn he een „Kumpel" mit na Huus bringt, denn mutt de mithören, wat he will oder nich.
Ick bün mi ganz seker in een poor Johren nöömt he dat Ganze „chillen".
Un wenn du de Lütten denn snacken höörst, fallt di nix mehr in. Hier kümmt de O-Ton ut Greggis Kinnerstuuv:
Gregory: „Wüllt wi Lou un Lakritz hören?"

Dat anner Kind: „Kenn ick nich!"
Gregory süüfzt: „Oh! Magst du Peer?"
Dat anner Göör: „Ja!"
Gregory: „Magst du ok Minschen?"
„Na kloor", antert denn de anner Butjer.
Dorop Greggi: „Denn magst du ok Lou un Lakritz!"
Un los geit dat Spektakel – jümmers wedder de sülvige CD!
Ehrgüster weer Milan bi Geggi to Besöök, een ganz feinen Kerl, ok fief Johr oolt, mit Wuschelhoor un Knoppogen – bannig plietsch un, anners as uns Söhn Gregory, sinnig un överleggt! Op de Fraag, wat he Peer mag, hett he antert: „Jo, dat sünd mien Lieblingsdeerten."
Un as Greggi weten wull, wat he denn ok wat för Minschen över harr, dor hett he överleggt un sinnig seggt: „Kloor mag ick Minschen, ick bün doch sülvst een."
Nu fraagt Se sick seker, woans denn de Deerns op Greggis Höörspill anspringt. Jüst eben weer de lütte Amelie bi Greggi to Gast un de hett den Vagel afschoten. Se weer knapp in Greggis Kinnerzimmer, dor güng dat al los: „Ja, Greggi, ick mag Peer un Minschen ok – mook de CD al an!"

Falten

Mol ganz ehrlich, mi ward dat een beten toveel mit de Sabbelei över dat Öller un de Falten. Dat mookt een doch reinweg ganz jibberig, wenn een in't Fernsehen jümmers düsse frischen, knackigen Jungs un Deerns to sehen kriggt.
Een weet ja gor nich mehr: Is dat nu ehr echte Visage oder hett de Schöonheitschirug dor villicht doch so'n beten nahulpen?
Ick heff een gode Fründin, Helena, würklich een ganz smucke Froo, so as de Naam dat al seggt, man düsse dusselige Deern hett sick meist dat hele Gesicht verschannelt.
Lippen as een Airbag un ehr Hoor, dat is geler as de Sünn.
Helenas Huut is so prall, dat ick mi af un an würklich Sorgen mook, wenn se mol lachen deit, wat ehr de Huut nich as so'n Luftballon üm de Ohren knallt.
Dat Woort „Cellulite kann Helena noch nich mol bookstabeern un ehr Tähn, de sünd so witt, de funkeln sogor in Düstern!
Ick glööv, dat gifft nich een lierlütten Placken an ehrn Körper, mit den se sick noch nich „ünner't Metz" leggt hett.

Dorbi gifft dat een Saak, de will nich in mien Döötz rin: Mehrn in Helenas Gesicht dor hett se een richtig grote, swatte Warze sitten.

Mol ganz ünner uns – harr ick so'n „Kawenzmann" mehrn in de Visage, jungedi, ick weer doch al lang bi 'n Dokter wesst un harr mi dat Ding wegsnibbeln laten – ick meen, mit sowat mutt een hüütigendaags doch würklich nich rümlopen, heff ick Recht?

Man mien Fründin Helena seggt: „De Warze höört to mi, de mookt mi to dat, wat ick bün!"

Nu weet ick nich so recht, woso ehr wunnerbore Bost in Grötte 75 B so rein gor nich to ehr passt hett un woso se nu mit Doppel D rümhoppeln deit, aver dat is ja ehr Problem.

Man güstern dor steiht se vör mi, grient mi in't Gesicht un froogt: „Na, fallt di nix an mi op?"

Ick kiek in ehr Gesicht un denk: Mann, de gruselige, enorme Warze is weg – un luut segg ick: „Minsch, Helena, klasse, dien lütte Warze is ja weg, dat find ick ganz grootortig!"

Dor antert se: „Nee, ick snack doch vun mien Kreihenfööt, de heff ick mi opspritzen laten. Mien Warze is noch dor, man siet dat letzte Lifting sitt de nu achter mien linket Ohr!"

Politik

Ick kann dat goot verstohn, wenn de Lüüd de Nees vull hebbt vun de Politik un nich to Wahl goht!

Ick verstoh ok, wenn se resigneert un denkt: De Parteien sünd ja doch all liek. Keeneen is beter as de Anner un de mehrsten hebbt ja doch „Dreck an 'n Stecken".

Verstoh ick allens, aver ick mag eenfach dat Geföhl, dat wi doch wat bewegen köönt – ick mag dat Geföhl, dat wi mit uns lütte Stimm doch noch so'n beten in een Richtung lenken köönt.

Dorbi denk ick gor nich an een bestimmte Partei, man an de Minschen, de dor achter stoht.

Un dat sünd se doch hoffentlich noch all: Minschen!

Minschen, de markt, wat in de Gesellschoop passeert, de spöört, woans sick de Börger föhlt oder de tominst weten wüllt, woans de Börger sick föhlt.

Doch af un an denk ick, Gespöör blifft in de Politik op de Strecke, dat verleert sick, jichtenswo twüschen den Bundestag un de Geschäftsreis in de swatte Limosine.

Natürlich weet ick, dat gor nich de enkelt Minsch so wichtig sien schall, man dat Parteiprogramm,

aver mol Hand op't Hart, blickt Se dor noch dörch? Mookt Se sick de Möh, dat Parteiprogramm vun all de Parteien to studeern? Ick nich!
Seht Se, un dor kümmt mien Gespöör in't Spill.
To'n Glück gifft dat ok in de Politik noch vele Minschen, de een lieden mag un op de anner Siet seker ok een Barg Lüüd, de een eenfach nich so goot op't Fell kieken kann!
Un jüst dat is de Punkt – Sympathie – ick wähl eenfach de Minschen oder de Politiker, de mi sympathisch sünd – un Se köönt mi geern glöven, de sünd nich all ut een un de sülvige Partei!
Mien Sympathie is för een Hamborger Politiker ganz anners as för de Politiker vun de Bundestagswahl in de Hauptstadt!
Un mit düsse Sympathie fallt mi dat nich mehr so swoor, an de Wahlurne to gohn. Ick will höpen, dat „die Frau oder der Mann meiner Wahl" mien lierlütte Stimm in de grote Politik mit Gespöör un Plie to Gehöör bringt.
Also: Goht wi wählen! Na Geföhl un Kompetenz!

Sauber!

Ick weet nich, woans de annern Öllern dat mookt, man uns Söhn süht eenfach jümmers ut as een lütt Farken.

Vull Neid, kiek ick op de lütten Deerns, de an den smuddeligen Brunnen üm de Eck eerstmol afbremst un luutstark bi ehr Öllern nafraagt: „Muddi, ist das Wasser auch keimfrei?"

Un wenn de Mama denn ehr Visage ganz suurmuulsch vertreckt, denn mookt de Deerns een groten Bogen üm dat Smuddelwater un sett sick brav op de Kant. Se hebbt ehrn lütten Pöker noch nich ganz op 'n Steen sitten, dor jumpt uns Söhn al in den Brunnen un swimmt mit de Köters ut de Naverschop üm de Wett.

Dor kannst du di Fusseln an de Tung sabbeln, he will sick dor eenfach keen Gedanken üm moken.

Also heff ick mi dorop instellt, dat bi uns to Huus so'n lütten „Schietbüddel" wahnt.

De Waschmaschien steiht keen Stünn still un ick treck mien lütten Büxenschieter förwiss dreemol an Dag üm.

Nu kann dat in Tieden vun Grippewelle un Schweinegrippe ja gor nich verkehrt sien, de Kinner bitobringen, sick de Hannen to waschen.

Tominst na Tante Meier oder eher dat Eten losgeiht.

Ick heff mi asig in't Tüüg leggt un Gregory verkloort, wo wichtig een beten Hygiene in sien Leven sien kann.

Dat güng bi em in dat een Ohr rin un ut dat anner wedder rut.

Mien Mudder hett mi raden, ick schall ganz besünners moje Seep köpen, de he richtig geern rüken deit, denn ward dat al klappen!

So ganz blangenbi hett mien Mudder ok fallen loten, dat düsse „Hang to'n Smutz" woll genetisch bedingt is. Ick weer as lütt Göör ja woll ok so'n echten Swienigel.

Schöön, dat wi dor ok mol över snackt hebbt, Mama!

Güstern sitt wi in een Ieskaffee un Greggi, de nu anfangt to lesen, liest an de Pademangdöör: „Hände waschen: 50 Cent!" Dor jumpt Greggi as verrückt vun sien Erdbeeries op un rennt op de Toilette. Achteran wiest he sien Hannen to den Ieshöker un verlangt keck: „50 Cent, bitte! Die Hände sind sauber ..."

„Allens sauber, oder wat …?"

HEM-Stiftung

Klirrrr, un wedder is een Glas in Dutt! Uns Söhn Greggi haucht mi een Söten op de Wange un flustert: „Deit mi Leed, Muddi, passeert mi bestimmt nich wedder!", un weg is he.
„Dien Wöör in Gottes Öhr", denk ick still bi mi. Wenn dat würklich wohr is, dat Scharven Glück bringt, denn ward mien Söhn ganz seker de glücklichste Minsch vun de Welt. Man siet ehrgüstern seh ick Gregorys Energie un Övermoot mit anner Ogen.
Dor weer nämlich de Mama vun Henry un Emil bi mi to Huus. Se hett mi in 'n Kinnergoorn ansnackt, wat ick villicht mol Tiet för een Kaffee heff, se wull mi wat fragen.
Geiht kloor, heff ick seggt un bi mi dacht: Ach, dat geiht förwiss üm Korten för't Theater, Kledagen oder jichtenswat mit de Gören.
Un denn seet mi Christine an annern Dag gegenöver un hett mi ganz sinnig un kloor vertellt, dat ehr twee Jungs unheilbor krank sünd.
Se hebbt de Muskelerkrankung: „Muskeldystrophie Duchenne", de ehr Muskeln verkümmern lett! De söten Kerls, de nu 6 un 3 Johr oolt sünd, ward mit 12 Johr al in Rollstohl sitten, mit 18 bru-

ukt se Hölp bi't Aten un ehr Lebenserwartung liggt mank 20 un 30 Johr.

Ick weer baff un harr glieks Tranen in de Ogen.

Henry un Emil, dat sünd twee plietsche, semmelblonde Racker bit nu noch munter un krekel as all de Annern.

Op de Homepage heff ick leest, dat düsse Krankheit bloots bi Jungs opdückert, Deerns kriegt düssen Muskelschwund nich. De is genetisch bedingt un ganz faken markt nich mol de Kinnerdokter, dat düsse Krankheit in de Jungs slummert.

Meist hunnert lütte Jungs sünd dat in't Johr in Düütschland un wiel se dat ja nich beter weet, zankereert un schimpft de mehrsten Öllern mit ehr Kinner: „Woso kannst du nich ok op den Boom kraxeln? Minsch, jümmers trödelst du so bi 'n Spazeergang!" Oder: „Woso büst du bi 'n Wettrenn egentlich jümmers de Letzte?"

Man een Jung, de fief Johr oolt is un Duchenne krank, hett bloots noch de Hälfte vun sien Muskeln! Woans schall he denn dor kraxeln?

Mien Möglichkeiten to hölpen sünd nich groot, man ick heff Christine geern toseggt, dat ick mi engageer un opkloor.

Klirrr! Un al wedder liggt een Glas op 'n Bodden. Gregory rennt üm de Eck un brüllt luutstark: „Schulligung!"

„Is al goot, mien Jung! Suus man af – Dat harr veel leger komen kunnt!"

Wenn Se mehr weten wüllt: www.hem-stiftung.org

Ümtrecken!

Wi söcht een Huus, mit Goorn un veel Platz! Ick heff mennigmol dat Geföhl, uns Wahnung basst utnanner – tweeuntwintig Johr Hamborger Innenstadt, dat is noog, ick heff de Nees vull.

Un wat 'n Glück – mien Mann un mien Söhn seht dat ok so! Greggi seggt jümmers wedder, he will so geern in Goorn mit Papa Dischtennis un Football spelen, he will endlich „Grillmeister" warrn un sien Kinnerstuuv is em ja nu ok veel to lütt, wo he doch nu al fief Johr oolt is!

Ick weet ja, wi jammert op een „hoget Niveau", uns Wahnung hier an 'n Michel hett nämlich negentig Quadratmeter, man trotzdem, so langsom mutt wat passeern.

Mien Kopp is al lang uttrocken, man wi hebbt noch gor keen nee Bleibe funnen. Is ok gor nich so eenfach.

Wat ick super find, is veel to düür. Un wat wi betahlen wüllt, is meist to wiet weg oder recht rünnerkomen.

Oder aver, de Vermieter will uns nich hebben, so as ehrgüstern: Wi hebbt uns in Hamburg-Othmarschen een wunnerboret Huus ankeken – mit so'n lütten Goorn, nich to groot, denn mien gröön

Duumen liggt siet veertig Johr in Wintersloop. Een smucket, oles Huus, allens open, nich so asig vele Wände, dunkel, holten Footbodden, veer helle grote Komern, riesig Wahnstuuv mit open Köök, jüst so heff ick mi mien Droomhuus jümmers vörstellt. Un ok gor nich so düür. Ach, ick weer mi so seker, dat dösige Söken hett nu endlich een Enn ...
Dor fraagt de Makler so ganz blangenbi: „Heff ick ganz vergeten, hebbt Se Kinner?"
Ick segg: „Ja, een Jung, de is nu fief, passt in de Welt un wöör hier de glücklichste lütte Bengel vun Hamborg sien."
Dorop de Makler: „Verdamminochmolto, dat deit mi Leed. De Vermieter will keen Kinner in dat Huus."
Ick heff een Momang lang stutzt, man denn heff ick seggt: „Wi snackt hier vun een Kind, nich vun teihn! Anners weer dat Huus ja ok veel to lütt!"
Ick heff würklich versöcht, dat mit Humor to nehmen, man de Makler hett een ganz truurig Gesicht mookt un anter: „Deit mi würklich Leed, man de Wöör vun den Vermieter heff ick noch in't Ohr: Geern mit Hund, man op gor keen Fall mit Kind. Vunwegen den ‚Pitschpine- Footbodden'."
Häääh???
Atschüss, du smucket Heim in Othmarschen, mit de Grundschool üm de Eck – nu ward förwiss een riesen Rottweiler dien Bööm in Goorn anpieschern un op Samtpoten över dat Pitsch-Patsch-Holt huschen. Dat gifft villicht bekloppte Lüüd!

An Avend hett uns Greggi fraagt, wat dat Huus smuck weer un ick heff antert: „Ja, mien Schatz, wunnerschöön".
„Un woso treckt wi dor nich in?"
„Ach, weetst du, de Vermieter will lever een Hund."
Greggi hett mi scheef ankeken un seggt: „Kein Problem, Mama! Dann kaufen wir uns eben einen."

Windpocken

Mann, dat juckt!!! Aver ick dröff nich kratzen: Ick heff Windpocken! Nich lachen! Dat is ganz schöön Schiet för een utwussen Minschen!
Uns Söhn Gregory hett dat ganz locker dörchstohn, ick heff jümmers bloots seggt: „Greggi, nich kratzen, denn anners ward dat noch veel leger!"
Nu is he de Klookschieter, de to mi seggt: „Mama, nicht soviel kratzen, sonst bleibt 'ne dicke, fette Narbe im Gesicht!"
Apropos Gesicht: Ick seh ut as in de leegsten Daag vun mien Pupertät! Dor heff ick mi ok mit düsse Kavenzmänner op de Nees un op 'n Rüch rümargern musst. Man nu, mit Windpocken, is dat ja meist noch veel slimmer. Wenn ick mit mien Fingers ganz suutje över mien Visage fohr – ick weet, dat schall ick nich, ick kann dat aver nich ännern! – denn heff ick dat Geföhl, de Hubbels rund üm mien Kinn wüllt mi wat seggen, de snackt to mi: Dat is so'n Oort „Blindschrift"!
„Röhr uns Placken nich an, anners is dat ut mit dien ‚Porzellantäng'!"
Pah! Porzellantäng – also, mien Huut is sowieso eerst na de Geburt vun unsen Söhn so richtig schöön glatt un schier wurrn. Fröher sünd jümmers wed-

der grote Placken in mien Gesicht opdückert, so knapp twee Stünnen vör een Fernsehaufzeichnung oder teihn Minuten vör een opregent Rendevous!
Mit veerteihn Johr is de Pupertät ja noch ganz normal, aver mit sössundörtig is dat würlklich nich mehr lustig.
Ick heff mi domals al överleggt, wat woll passeert, wenn bi mi, later in't Seniorenheim, de Antipickelcreme jümmers noch op 'n Nachtisch steiht un ick mit 'n mol een enormen groten Präsentkorv vun düsse Anti-Pickel-Firma in't Heim schickt krigg mit een Kort: „Für unsere treueste Kundin: Sandra Keck. Seit achtzig Jahren kaufen Sie unser Produkt! Wir haben Tausende an Ihnen verdient. Danke! Danke! Danke!"
Man se bruukt mi den Präsenkkorv nich schicken, ick heff ja gor keen Pickel mehr – ick heff ja man bloots Windpocken un dat juckt ...

Düvelskerl

Wo is de Tied bloots bleven, as uns Greggi noch lütt un nüdlich weer un keen Wedderwöör harr?!
As Gregory nich to allens sien Semp dortogeven hett un wi ok mol wat besnacken kunnen, ahn dat een Kinnerstimm dor mank quasselt: „Dor hett Papa aver Recht, Mama!"
De Tied, in de ick nich dat swacke Wief mank twee starke Mannslüüd weer. Güstern Avend hebbt mien Mann un ick de letzten fief Johr Revue passeern laten un hebbt uns so höögt.
Dorbi is mi upfullen, dat ick de allererste witzige Geschicht vun unsen Greggi noch gor nich vertellt heff: Uns Söhn is mit een Johr un dree Maand in de Kita komen un he hett glieks an 'n ersten Dag de Erzieher kloor mookt, wo de Hammer hangt.
Greggi harr een wunnerbor, leve, junge Türkin as erste Erzieherin.
Se hett uns ganz opgeregt vertellt, dat Gregory se richtig rinleggt hett: Se keem jüst mit so'n lütten Schieter ut de Baadstuuv vun den Wickeldisch, dor weern all de Butjer ut de rode Grupp weg.
Nu mööt Se dorto weten, dat de mehrsten ut düsse Grupp noch so jung sünd, dat se nich mol richtig lopen köönt.

De Erzieherin keem also trüch vun't Pademang in een heel leere Kinnerstuuv!

Doch mit eenmol güng de Vorhang in de Eck op, Greggi hett sien lütten Döötz dor rutsteckt un ganz luuthals: „Buh!" ropen.

He hett wohrhaftig all de Kinner, söven Stück, achter den Vörhang bröcht – woans he dat anstellt hett, is uns bit hüüt een Radel: Buh!

Tja, dat is nu mehr as veer Johr her – ick mag mi gor nich utdenken, wat för Flusen de lütte Herr Keck för uns noch op Lager hett.

Half vull!

Entweder dat Glas Water is half vull oder dat Glas is half leer!
Dat gifft ja Lüüd, de meckert, zetert un hadert mit Gott un de Welt! De hebbt an nix mehr Gefallen un regt sick över allens op.
Ick bün ehrlich, ick kann se op 'n Doot nich utstohn, düsse Miesepeter, jem ehr Glöös sünd jümmers halv leer.
„Buten is mi dat to koolt, Snee, Küll, Glatties, nee, dat mag ick nich hebben – man binnen in't Huus is mi dat to warm!
Ick mutt ja de Heizung anmoken, wiel dat buten so koolt is. Dat is koolt? Minsch, wat 'n Wunner! Wi hebbt Winter!
Oder: Nee, düsse Wirtschaftskrise, de mookt mi noch reinweg kaputt, ick kann mi ja gor nix mehr leisten – Dorbi fallt mi in: Heff ick di al mien niegelnagelneeget Auto wiest? Is aver all ganz schietig, wiel buten ja so'n gräsig Wedder is.
Kennt Se ok düsse Minschen, heff ick Recht?
Se sünd de Nabel vun de Welt un ehr Meenen is Gesetz!!!
Bloots nich över den „Tellerrand" kieken, woans dat de Annern geiht is doch puttegol.

Un ick snack hier nich vun de Minschen in't Land, de würklich nix mehr hebbt – Se weet Bescheed?!
Geiht aver ok ganz anners: Mien Fründin Ute, de rackert sick in Indien in düsse Weken för de „German Doktors" af – dat is een Organisation, de in de Slums vun Indien dorför sorgt, dat de lütten Gören dor opereert oder impft ward. Dat se in de School gohn köönt oder eenfach bloots een beten wat mank de Tähn kriggt. Ute hett mi Biller mailt, op de se ganz doll mööd utsüht, denn ehr Akku is leer – man Ute ehr Glas is halv vull …
Ehr Devise is: Anpacken statt snacken. De Dag is goot, wenn se een Minschen glücklich mookt hett. Dat is doch nich toveel, dat kriegt wi ok hen!
Is egentlich ganz eenfach, wenn dien Glas halv vull is … Prost!

Wax! Wat?

Se is würklich keen Draken! Nee, se is richtig nett un ick mag ehr geern lieden ...
Ick snack vun mien Swiegermudder. De is nu meist tachentig Johr oolt un ick frei mi jümmers, wenn se uns besöökt.
Sünnabend weer dat mol wedder so wiet un wi hebbt tohoop een kommodigen Inkööpsbummel mookt. Dorbi sünd wi ok an een vun düsse neemodischen „Waxing-Studios" vörbikomen!
Miteenmol drückt sick Irmtraud de Nees an de witte Schief platt un fraagt mi: „Segg mal, Sandra, sowat heff ick noch nie sehn! Wat is dat denn?"
Ick krieg prompt „Schnappatmung" un stamer hastig: „Dat? Och, dat is bloots een Waxing-Studio, Muddi, anners nix!"
Goh bidde wieder, denk ick noch un renn mit grote Schritte vörut!
„Aha", höör ick mien Swiegermudder sinnig murmeln un ick denk, se hett de Fraag al vergeten, dor kümmt vun achtern luut un kloor: „Waxing – Wat?"
„Tja", anter ick liesen, „dat is een Waxing-Studio! Wax! Dat is ingelsch, Muddi, för Wachs! Een Wachsstudio, sotoseggen!"

Un still bi mi beddel ick: Leve Gott, nu is noog, veel mehr will un kann ick ehr nich verkloren. Se is doch mien Swiegermudder, verdammi nochmolto!!!!

„Aha, een Wachsstudio", höör ick ehr achter mi flustern, man se geiht suutje wieder un bewunnert all de smucken, bunten Schöh in dat nächste Schaufinster.

Mien Puls is meist wedder normal, as Irmtraut, dree Minuten later, faststellt: „Aver, de hebbt dor gor keen Karzen in't Schaufinster liggen hatt."

„Nee", segg ick, un mi löppt dat ieskolt den Rüch hendaal, „mit Karzen hebbt de ok nich veel an 'n Hoot!"

In mi brüllt allens: Höör bloots mit de Frogen op! Ick will di nich verkloren, wat „Rio triangle/stripe/hollywood mit Pobacke oder ohne" is, oder noch veel leger – woneem du den „Brasilien Cut" finnen kannst!!!

Dor hangt se sick an mien Arm un fraagt neegierig: „Denn, is dat so een Oort Madame Tussots in Hamborg, ja?"

Dor heff ick lacht! Un kapituliert un ehr *haarklein* verkloort, wat 'n sick bi een „Walk in Service" in een Waxing-Studio wegwachsen lett!

Dor seggt mien Swiegermudder doch wohrhaftig to mi: „Dor gifft dat hüüt Lüüd för? Minsch, wat 'n Glück! Ick armet Swien heff fröher stünnenlang in de Baadstuuv tobröcht, üm de dösigen Hoor dor ünnen weg to kriegen!"

Minsch, arger di nich!

Schall ick mi argern, dat de Hamborger Politiker ernsthaft doröver nadenkt, de Kita-Beiträge um 100 roptosetten, wiel se de Kosten nich mehr verknusen köönt?

Aver för de wunnerbore niege Elbphilharmonie mööt se ja veel mehr Geld opbringen, wiel se mit den Bau ja nu mol anfungen hebbt! Nee, ick arger mi nich!

Ick warr lever mit de Kinnergoorn-Gruppe un twintig smuddeligen, klebrigen Schokoladenpoten de sneewitten Wände in de Philharmonie so'n beten verschönern, wenn se denn endlich mol fardig is un se förwiss in dat schöne, grote Huus ganz veel Musik för Kinner un Jugendliche mookt.

Schall ick mi argern, dat de Meteorologen vörutseggt, dat wi wohrschienlich een schiet Summer kregen ward?

Nee, ick arger mi nich, ick kööp mi lever een niegen Bikini un sett mi ünner't Rotlicht.

Schall ick mi argern, dat ick in de letzten dree Johr soveel mehr Allergien op Arzneimiddel kregen heff, dat ick meist gor keen Schmerzmiddel mehr gegen Kopppien oder Wehdaag nehmen kann?

Nee, ick arger mi nich! Ick versöök eenfach, gesund to blieven.

Schall ick mi argern, dat de Jury vun düsse dösigen Casting-Shows keen richtiget Düütsch mehr snacken kann un överhaupt keen Vörbildfunktion för de jungen Talente oder de Milionen Teenies hebbt, de se, weet de Düvel woso, Week för Week anhimmeln doot! Nee, ick arger mi nich! Ick laat lever de Flimmerkist ut!

Schall ick mi argern, dat so'n vergrätzten, olen Gnatterkopp mi schrifft, wo dösig he mien Geschichten finnen deit!

Nee, ick arger mi nich! Ick wöör em geern mien „gesammelten Werke" schicken!

Kann ick aver nich – de Kerl schrifft ja anomym!

Schall ick mi argern, dat de Vadder vun den lütten Mustaffa jümmers eerst mien Mann un mien Söhn de Hand gifft, ehr dat he mi begröten deit?

Nee, ick arger mi nich! Ick warr bi em tohuus, eerst de Froo, denn dat Baby un ganz hartlich den Hund begröten, ehr dat ick dat Familienoberhaupt jovial op de Schuller klopp!

Ick arger mi nich, ick arger lever de Annern.

Dat kann bloots Een geven!

Ick heff dacht, mien Öllern sünd utwussen Minschen ...

Man, wat mien Vadder in sien Goorn allens drifft, üm een lütten, swatten Mullwarp los to warrn, dat is würklich nich mehr fierlich!

Uns Söhn Gregory is de Spion! Jümmers wenn Oma un Opa op em oppasst hebbt, denn vertellt he achteran de aktuellsten Döntjes vun „Punker", so hebbt wi den opstanatschen, lütten Mullwarp heemlich nöömt!

Opa will „Punker" natürlich nich glieks mit de chemische Keule doot moken, he versöcht dat op de „sanfte Tour"!

Lütt-Gregory hett al den plietschen Vörslag mookt, een poor Sylvester-Knaller in den Hupen to ballern! Dorop hebbt mien Mann un ick uns ganz bedröppelt ankeken.

Wo, to'n Düvel, hett de lütte Racker düsse kriminelle Energie her!

Aver Opa hett seggt: „Dat kann bloots Een geven – hier in Goorn is nich Platz noog för uns twee! De ‚Punker' geiht, oder ick!"

He hett een Wecker direktemang blangen den Mullwarp-Hupen opstellt! Angeblich möögt de

Deerten dat Klock-Ticken nich hebben! Na ja, villicht is Opa sien Mullwarp ja een beten doof op de Ohren, he hett opstunns dree niege Hupen buddelt.

Spion Gregory vertellt: „Nu weiht een heel bunte Kinner-Windmöhl op den Rasen un Opa hett tohoop mit mi Gurkenwater in den Hupen kippt! Hett aver ok nich slumpt: Mag ja ok angohn, dat Opa sien Mullwarp een söte Deern is un in anner Ümständ, op jeden Fall, hett se dat Gurkenwater so goot gefullen, dat all wedder twee niege Hupen to sehen sünd. Nu is Opa richtig füünsch", seggt Greggi!

„He hett, blangen den Wecker un de Windmöhl, leddige Wienbuddels opstellt, un wenn de Wind dor rinweiht, säuselt dat ganz sutje!

Bavento hett he noch 'n olen Hering in den Hupen packt: De hele Goorn rüükt na Fisch un ick kann gor keen Football mehr op den Rasen spelen, wiel dat överall wat rümsteiht!"

Dor heff ick luuthals lacht un seggt: „Mann in de Tünn, dat kann doch nich so swoor sien, so'n lütte ‚Blindflansch' vun Mullwarp in de Flucht to slagen!"

Ehrgüstern sünd wi in uns nieget Huus ümtrocken ... Dreemol dröfft Se raden, wokeen uns dor in 'n Goorn een püken Hupen hensett hett?!

„Dat gifft noch echte Kinner…"

De kriegt ehr Fett weg!

Helpt ja nix, wi mööt uns dormit affinden, jümmers mehr Froons un ok Mannslüüd leggt sick ünner't Metz!
Nu hett ok mien Fründin Sabrina beslaten: „Ja, ick spoor mi de twintigste Diät: Bringt ja doch nix – ick laat mi dat Fett eenfach afsugen, so as all de annern Froons, de de Nees vull hebbt vun ehr Duppelkinn, de Riederbüxen oder den Swabbel-Buuk!"
Also, ward all de Fettzellen mit Kochsalzlösung ünnerspritzt, dat mookt de Fettzellen wat locker un denn ward se, in een barbarische Oort un Wies, rutsuugt.
Ick heff dat in't Fernsehen sehen, dor is mi meist slecht worrn, as de Dokter mit een dicke, lange Nodel in de Siet vun de arme Froo op den OP-Disch rümstochert hett un de gelb-rode Flüssigkeit in een Trichter rindrüppelt is ...
Boah, düsse Behandlung kannst du mi schenken, dor heff ick keen Fiduuz op!
Bit to söss Liter Fett kannst du so verleern – söss Liter Fett!
Wo blifft de denn af, heff ick mi fraagt? Is dat Sondermüll?

Un dat is ja nich bloots Sabrina ehr Fett, nee, nee, wat passeert mit de Millionen Liter, de ut all de annern Kötelkisten, Oberarme oder Hüften rutsuugt ward? Wo blifft de? In de Krankenhuusköök? Düükert de as Seep in de Baadstuuv wedder op? Oder wannert de direktemang in de Kanalisation? Dor swömmt dat Fett denn doch woll baven, oder?

Af un an ward dat Fett ok recykelt! Gifft ja ok Lüüd, de an Moors toveel Fett hebbt un an de Lippen to wenig! Düsse Minschen mookt denn also een „Eigenfettaufspritzung" un drägt so'n beten Moors in't Gesicht. Is dat nich lachhaftig?

Na, güstern heff ick denn nich mehr lacht. Ick weer mit Sabrina in de Sauna un dor is mi jawoll meist de Spucke wegbleven: Sabrina süht grootortig ut! Simsalabim: De Riederbüxen sünd weg un ehr Buuk is platt as 'n Pannkoken!

Man as se mi to'n Afscheed, mit ehr, ach so pralle Lippen, op de Wangen küsst hett, dor heff ick mi doch een lütt beten snaaksch föhlt ...

Ick weet nich,
wat ick seggen schall ...

Mennigmol weet ick nich, wo ick anfangen schall!
Ick will so geern helpen, kann dat aver nich, wiel ick gor keen Ahnung heff, woans!
Ick föhl mi ohnmächtig un dat Geföhl kann ick op 'n Doot nich utstohn.
Mien beste Fründin is swanger. Se hett so lang op een Baby luuert un as se vör veer Maand överglücklich to mi seggt hett: „Stell di vör, nu is dat endlich so wiet, wi ward woll doch noch lütte Kinnerfööt dörch dat Huus trappeln hören!"
Dor heff ick mi unbannig för ehr freit.
Denn dat gifft Minschen, to de höört Kinner dorto, de hebbt soveel Leev un Licht to geven, dat langt för een ganze Footballmannschaft.
Schall aver leider nich jümmers so sien!
Nu is kloor, ehr Baby is nich gesund! Down-Syndrom is de Diagnose – wat för een Schock! Un wat för een swore Verantwortung!
Natürlich is mi kloor, dat ok een Kind mit Down-Syndrom dat Allergröttste för sien Öllern sien kann.
Natürlich weet ick, dat een nich Gott spelen schall!
Aver is dat fair, een Kind, in düsse griese, gaue

Welt, in de dat jümmers mehr üm Leistung un Stärke geiht, in't Leven to schicken? Bloots nich anners ween, still un liesen dien Weg gohn för de Spoor blangenan bruukst du dreemol soveel Kraft ...

Wokeen will dat entscheiden? Wokeen kann dat entscheiden!

Wokeen dröff dat entscheiden?

Un eenmol mehr is mi kloor, wo selbstverständlich dat för mien Mann un mi is, dat uns Gregory gesund un munter is, dat wi nie nich vör so een swore Entscheidung stohn hebbt, de wohrschienlich de gröttste un sworste Entscheidung in dat Leven vun mien allerbeste Fründin ward!

Ick wünsch di Kraft, Moot un Leevte to een starken Partner, de di hölpt, dat mit di tohoop dörchtostohn.

Denn ganz egol, mien beste Fründin, woans dien Entscheidung ok utsüht, se ward op jeedeen Fall dien Leven verännern.

Mehr as söss Wöör för een „Aha"!

Villicht hebbt Se dat al mitkregen, dienstaags ward de Geschichten vun „Hör mol 'n beten to" ja nu ok in't Hamburger Abendblatt afdruckt.
Dor schullen wi nu in uns Överschrift mehr Wöör bruken, wiel dat „knapp un kort" nich mehr so recht in dat niege, moderne System vun dat Abendblatt passen deit!
Dat is doch dumm Tüüch! Af un an kann een ganz knapp Dinge seggen! Dor bruukt wi nich mol mehr een eenzig Wort för – een Ton langt: „Aha" – to'n Bispill! „Aha", höört mit to mien leevsten Floskeln! „Naturalistisches Maulwurfsgesäusel", hett een bekannten Regisseur mol to mi seggt.
Un siet de Tied säusel ick: „Aha!", wenn ick de lütten, dreckigen Fööt vun mien Söhn up de witte Auslegeware gewohr wahr!
„Aha", wenn mien Konto mol wedder so wiet övertrocken is, dat mi de Luft weg blifft.
„Aha", wenn dat Eten in een püükfeinet Restaurant mol wedder bloots för een Lünken langen wöör.
„Aha", wenn ick mark, dat mien Mann de knackige, junge Naversch vun blangenan achteran schuult.

„Aha", wenn ick vull Övermoot achter mien Söhn ranjachter un faststell, dat mi miteenmol de Luft wegblifft.

„Aha", wenn mien Söhn sick still un hemlich Schokolade ut dat Vertiko stibizen deit.

„Aha", wenn mien Mann sick mol wedder ümdreiht un bumsbatz inslapen kann, wat mi eenfach nich gelingen will.

„Aha", wenn ick den sexy Tankwart ganz ungeneert op den knackigen Podex kiek!

„Aha", wenn ick gor nich tohöört heff, wat mien Mudder seggt, wiel ick veel to mööd bün.

„Aha", wenn sick de Afwasch mol wedder in de Spüüle stapelt un mien Manslüüd sick een schönen Dag mookt hebbt.

„Aha", wenn ick na een langen Dag in't Theater de Been hochleeg un mien Mann mi de Fööt masseert.

„Aha", wenn ick nu in't Abendblatt Överschriften mit mehr as söss Wöör lesen mutt!

So lütt, un doch so groot!

Pssst, nich so luut, he is noch nich ganz wegdrusselt!
Is bannig lang her, dat ick dat letzte Mol an dat Bett vun mien Söhn seet un em bi't Inslapen tokeken heff.
Aver hüüt is een besündern Avend, denn morgen fröh kümmt uns Gregory in de School un ick will em noch mol ganz genau bekieken, ehr dat de „Ernst vun't Leven" nu losgeiht.
Mann in de Tünn, is de groot worrn – söss Johr, meist een Meter dörtig un sien Gesicht is gor keen „Gesichtchen" mehr, nee, dat süht ut, as bi een echten Jung!
Op't Muul fullen is he ok nich: Ehrgüstern heff ick mol wedder mit em meckert un zankereert, dor seggt de Pööks doch glatt to mi: „Mama, du hööörst ja sogar die Ameisen pissen!"
Na schöön, pinkeln weer mi lever weest, aver is dat nich plietsch?! Dat dat Grass ok verdammt liesen wasst, weet de Bengel doch noch gor nich.
„Geh' in die Schule und werde klug, zum Faulenzen hast du noch Zeit genug", hett mien Grootmudder, de al lang doot bleven is, jümmers to mien Broder un mi seggt.

Wenn ick ganz ehrlich bün, so ernst heff ick de School nich nahmen. Villicht weer dat ok mien Erfolgsgeheimnis, denn mi hett de School jümmers veel Spooß mookt.

In de erste Klass harr ick een junge, engagierte Lehrerin, för de wi ok de allererste egen Klass weern. Wi hebbt vun eenanner lehrt! Un ok later, an't Gymnasium, weern de Lehrer super, dat weer een miteenanner un keen Kampf Schöler gegen Lehrer.

Ach, du söte, lütte, grote Greggi, nu büst du doch endlich inslapen.

Wi wünscht di veel Spooß an de School un seh to, dat Papa un Mama nich all neeslang bi de Lehrer op de Matt stohn mööt.

Nimm de School nich so unbannig ernst un ick verspeek di, ick warr de een oder anner Klausur, de in de Büx geiht, ok nich so ernst nehmen. Wi wüllt dat mit Freid un Gedüür angohn!

Aver morgen fröh bruuk ick förwiss doch een groten Batzen Daschendöker ...

So'n beten „plem plem"!

Mien Tante Elsi leevt al siet Johren alleen! Op ehrn Mann, Unkel Horst, kann ick mi meist gor nich mehr besinnen. Ick bün mi aver ganz seker: Tante Elsi hett em förwiss vör de Tied ünner de Eer bröcht. Kloor, dat is keen Eenbahnstraat – nee, dor höört jümmers twee to: Een, de kujoneert, un de, de sick kujoneern lett! Ick will aver geern glöven, dat Unkel Horst grundgoot weer, denn Tante Elsi is so'n beten plem-plem, wenn Se weet, wat ick meen! Sünndag weer ick bi ehr to Huus, ick wull ehrn Keller op schick bringen, un as ick so bi't Utmisten weer, dor stünn in de Eck een riesiget Ungetüm ut Glas, Kupfer, Stahl un Holt! Dat weer mit een Wulldeck todeckt un ick wull mi dat Dings mol genauer bekeken, dor bölkt Tante Elsi vun ehrn Rollator ut: „Holt Stopp! Poten weg! Nich anfaten! Dat Dings blifft dor stohn!"
„Tante Elsi, wat is dat?", heff ick fraagt, „to wat schall dat goot ween?"
„Geiht di nix an, du schasst den Keller oprümen", weer de barsche Antwort.
Oh, nee, heff ick mi dacht, nich mit mi, ick do keen Slag mehr, ehr dat ick nich Bescheed weet. Also, heff ick mi in de Eck stellt un töövt.

Elsi is stur, man se is ok 'n olen Giezknüppel un
wull ja keeneen för dat Oprümen betahlen, also
hett se rümdruckst: „Tja, dat is een Kunstwark, un
weer heel düür, dorüm schasst du dor nich ran-
gohn."
„Aha, un woso steiht dat düüre Kunstwark nich in
de Wahnstuuv?", weer mien Anter.
Dor is dat ut Elsi rutbraken: „Ja, klei mi an Moors,
woso schall ick dat nich vertellen: Dat is een Ge-
rät, dat de Erdstrahlen vun uns all afhöllt. Ganz
Barmbek hett dor wat vun: Dien Unkel un ick, wi
hebbt dor 1975 meist 5.000 DM för betahlt – nu
weetst du dat!
Aver ick will keen Dank! Kumm bloots nich op
den Gedanken un vertell den Hamborger Börger-
meester wat vun mien generöse Tat!
Ick will anonym blieven. De Lüüd in Barmbek
schüllt nich weten, dat se ehr stävige Gesundheit
un ehrn goden Slaap mi un Unkel Horst verdankt.
Ok wenn dien dösige Unkel dor nich een Penn för
utgeven wull! Also, holl den Sabbel un vertell dat
nüms! Hest du höört, mien Deern?!"
Kloor, Tante Elsi, düsse Geschicht blifft ganz ün-
ner uns! 😊

Gammelig!

Mi is so'n beten gammelig tomoot. Kennt Se dat ok? Ick will mien Hoor nich waschen, will mi keen Farv in't Gesicht kleien un ick heff keen Lust op de Baadwann.
Nich faken, man so een-, tweemol in't Johr.
Ick heff mien ole, gräsige Jack an un de muffelt sogor so'n ganz lütt beten. Seggt Se dat bloots nich wieder!
Man dat stöört mi överhaupt nich. Ick heff keen Termin, mien beiden Kerls sind nich to Huus.
Ick mutt gor nich smuck un adrett utsehn. Ick kann ruhig mol gammeln.
Man, wenn mien Mannslüüd denn na Huus koomt, denn heff ick 'n slecht Geweten un mook mi doch trecht. Dat is aver egentlich dösig!
De beiden hebbt mi leev, se nehmt mi so as ick bün – ok mit mien ole Gammel-Jack un struppelige Hoor, oder?
Ick heff beslaten, een Proov to moken! Ick mook mi nich trecht, ick blief eenfach in mien Wohlfühl-Gammel-Look.
Mol kieken, wat de Jungs seggt.
Nix, se hebbt nix seggt. Dree Daag lang hebbt se sick bloots ankeken, grient un nix seggt.

Na also, dat is jem puttegol, woans ick utseh.
Mien Mannslüüd hebbt mi eben leev: Wat ick mi nu rutputz oder nich!
Dor kann ick mien Gammel-Look ruhig noch 'n länger bibehollen.
Jüst eben will ick den Autoslötel nehmen un Greggi to'n Kung Fu fohren, dor röppt he luut un hastig: „Mutti, du brauchst mich nicht fahren. Jonas und seine schicke Mama holen mich ab! Ruh du dich mal lieber aus..." Un dor is he ok al ut de Döör rut!
Aha, denk ick bi mi, dat is ja woll de erste Wink mit 'n Tuunpfahl!
Geknickt häng ick den Slötel wedder an de Wand un söök na mien Mann. De sitt vör 'n Flimmerkasten un mookt sick dat kommodig! Dat is ja nett, denk ick un kuschel mi dorto ... Na dree Söten fluster ick em in't Ohr: „Du, Schatz, wöörst du egentlich mit een anner Froo in't Bett gohn, wenn ick mol doot bün?"
„Dorför bruukst du nich doot bleven, Schatz!", seggt he un grient mi an. „Dat langt al, wenn du düsse Gammel-Jack noch twee Daag länger anbehöllst."

Platt-Snacker

Ick will, dat uns Söhn Plattdüütsch snackt.
Dat is doch ganz wichtig, dat he de Spraak versteiht, mit de Mama dat Geld verdeent.
Also, mutt uns Gregory sick de mehrsten Stücke in't Ohnsorg Theater mitankieken – wat he nu will oder nich.
Af un an deit he dat ok ganz geern, he kennt de Kollegen un weet, dat se jümmers bannig nett to em sünd.
Un nadem he mitkregen hett, dat Mama de Kerls op de Bühn bloots ut „Spooß" een Söten opdrückt, ballt he ok nich mehr de lütten Füüst, un kiekt jem suurmuulsch an.
Greggi lacht sick doot, wenn Mama mol wedder so'n dösige Perüük op 'n Döötz hett oder sünnerbore Kledagen driggt un he kann ok al ganz liesen blangen de Bühn sitten un ruhig tokieken.
Annerletzt weer he mol wedder tohoop mit mien Mann in't Theater – mien Mann, de nich een Woort Platt snackt, sick aver sülven för een wunnerboren „Plott-Snucker" höllt, hett sick odentlich höögt un Greggi ok.
Toeerst harr ick noch Bedenken, wiel in dat Stück so asig veel Kööm un Beer drunken ward un heff

Gregory lever noch mol verkloort, dat schall twoors Alkohol sien, man in de Glöös vun de Kollegen is ja bloots Tee un Water binnen.

„Mook di keen Sorgen, Greggi hett dat Prinzip Theater verstohn, bloots düsse sünnerliche Trinkspruch vun de Keerls, de ward em seker nich mehr ut 'n Kopp gohn", hett mien plietschen Mann seggt, doch ick heff mol wedder gor nich henhöört.

Ehrgüstern harr Greggi twee Kumpels ut sien Klass to Besöök, ick heff jem Appelsaft un Kekse henstellt un as ick dat Kinnerzimmer jüst verlaten will, höör ick mit een Ohr, woans Greggi sien Glas in de Hand nimmt un bölkt: „Höört mol to, Jungs, in Theater seggt se jümmers: Zur Titte, zur Mitte zum Sack – Zack, Zack!"

Tja … ick glööv, op den nächsten Öllernavend laat ick mi lever nich blicken …

Fohr bloots nich weg ...

Ick reis nich geern, aver wenn ick dat do, denn bün ick praat, ick överlaat nix den Tofall!
"Nimm dat Auto", hett mien Mann mi raden, de veel mehr mit Fleger un Bahn ünnerwegens is as ick, un de weet, dat so een Reis ok böös in de Büx gohn kann.
"Ach wat", heff ick grootspuurig antert, "ick mook een kommodige Reis mit de Bahn, de düütsche!"
Ick heff mi de Fohrkort al lang vörher köfft un heff mien Kuffer al dree Daag vörher packt. Dat heet, ick wull ja an een un den sülvigen Dag hen un wedder trüch, trotzdem heff ick mien Tähnböst un een niege Ünnerbüx in mien Handtasch stoppt, denn du kannst ja nich weten, wat allens so passeert.
"Nimm dat Auto", hett mien Mann to mi seggt!
"Tüünkraam, de Straten sünd so vull un ick will mit Luxus reisen", heff ick antert.
Dat de letzte Bahn vun Weimar na Hamborg al üm 20 Uhr fohrt, hett mi al stutzig mookt, man ick heff mi nix dorbi dacht!
"Nimm dat Auto", hett mien Mann al wedder to mi seggt, doch ick heff kontert: "Nee, ick will Text lernen un mi verholen."

Dat knapp vör Erfurt de ICE kaputt gohn is un de Bahn veer Stünn bruukt hett, ehr dat se 'n Fohrer organiseert harr, de willig weer uns gen Frankfurt to fohren, weer villicht noch to entschülligen.
Man dat de dösige Fohrer denn so gegen Klock Een in de Nacht rümposaunt hett, he kann den Törn gen Frankfurt nich moken, wiel he noch nie nich düsse Strecke fohrt is ... – Opmarkt: Wi snackt hier nich vun een Boeing 737, nee, ick bün jümmers noch bi de Schienen ...
Dat weer nich mehr lustig. Vun de kaputte Klimaanlage will ick hier gor nich snacken, ok dat se een swangere Froo ganz alleen in een Taxi na Hamborg kutscheert hebbt, dat sünd Peanuts!
Ick heff so tominst mol een Nacht in dat lüttste un hässlichste Hotel vun Frankfurt tobröcht un as ick so gegen Klock dree endlich inslapen bün, dor harr ick noch de söte Stimm vun mien Mann in't Ohr: „Nimm dat Auto!!!"

Dat is so wiet!

Wenn uns Söhn morgens fröhlich ut de Puuch jumpt un mit roden Döötz de nächste Döör vun 'n Adventskalender opmookt ...
Wenn sick de Straten in de Stadt fein rutputzt hebbbt un de Stromversorgung sick verduppelt ...
Wenn in't Fernsehen Dag för Dag een Spendenmarathon löppt un jeedeen Promi versöcht, Geld för den guten Zweck to sammeln ...
Wenn in de Nacht al wedder een Ton-Pott op mien Balkon basst, wiel ick to dösig weer, em to rechte Tied in Sekerheit to bringen ...
Wenn wi ganz vörsichtig dat lütte Jesuskind in uns Krippe to'n Drusseln leggt ...
Wenn de pro Kopfverbrauch vun Marzipan wedder gigantisch in de Högde stiggt ...
Wenn mien Mann, as elkeen Johr, wedder nich weet, wat he sick wünschen schall ...
Wenn ick an keen Wiehnachtsmarkt vörbi gohn kann, ahn nich tominst een Knackwusst oder Schmalzgebäck to verputzen ...
Wenn mien Buuk wieldess jümmers dicker un mien Geldbüttel jümmers dünner ward ...
Wenn wi tosamen den groten, wunnerboren Wiehnachtsboom in 'n Hamborger Michel bewunnert ...

„Leeve, gode Wiehnachtsmann …"

Wenn Gregory mi fraagt, wat he düt Johr woll endlich mol een Sneemann bauen ward …

Wenn ick mi fraag, wokeen noch een Wiehnachtskort vun uns to kregen hett …

Wenn wi den helen Dag „In der Weihnachtsbäckerei" summt …

Wenn ick dorop luuer, dat de Stadt een beten liesen ward un de Tied endlich 'n beten sinniger vergeiht …

Wenn wi kommodig vör de Glotze sitt un den Film: „Ist das Leben nicht schön" mit James Stewart ankiekt …

Un wenn he denn seggt: „Jümmers wenn hier op de Eer een Glöckchen bimmelt, kriggt baven in'n Heven een Engel sien Flünken …"

Denn is dat so wiet. Denn steiht Wiehnachen vör de Döör!

Peerleevde

Ick fohr gor keen Auto,
dat is nich mien Fall.
Ick heff keen Garage,
nee, ick heff bloots een Stall!

Binnen steiht, heegt un pleegt
een staatschet Peerd,
dat all mein Leevde,
un ok mien Hart tohöört.

Bovento,
heff ick ok noch een Mann, whow!
Woso ick em heff,
weet ick noch so genau!

Man de Kerl
hett sick doch bi mi beschwert:
„Woso hest du mi nich
so leev as dien Peerd?"

Nu versöök ick, mi
em gegenöver to wanneln,
un mien Mann jüst so
as mien Peerd to behanneln.

Ick knall mit de Pietsch,
bring em ordentlich op Draff,
he bügelt un putzt nu,
de kookt un wascht af.

Ick klopp op sien Achtersten,
dat mookt em Moot.
He wiehert vör Freid,
ja, dat klappt bannig goot.

Sien Puuch heff ick verköfft,
is noch gor nich lang her;
denn he slöppt nachts in Stall,
blangen mien Peerd.

Un vunwegen,
jümmers neee Schöh em köpen!
De Keerl kann ganz goot op
sien Hornhaut löpen!

Sogor de Hufeisen,
de spoor ick in,
denn dat Nageln deit weh,
un dat mutt ja nich sien.

Ach, un Kööm oder Bierchen,
lecker Wusst oder Speck!
Dormit is dat ut,
dat fallt allens weg!

He gröönt ordentlich dör,
vun Vitamine ernährt,
denn he grast op de Wischen,
jüst as mien Peerd.

Kümmt so'n Mann in de Johren,
is dat as bi een Peerd,
he is denn miteenmol
nich mehr ganz soveel wert!

Dorum wull ick mit em
op 'n Veehmarkt gahn
un för mien Mann,
een dägten Pries rutslahn.

Mann in de Tünn, nee,
dor leep wat verkehrt -
mien Mann hett sick jüst
as een Peerd opföhrt.

Teihn Knaken in Dutt,
na, dat weer mi een Lehr!
Denn he hett na mi slahn,
jüst as 'n Peerd.

Inhalt

K-E-C-K	5	Wax! Wat?	51
Kapitulation	7	Minsch, arger di nich!	53
Kattenjammer	10		
Luxus	12	Dat kann bloots Een geven!	55
Op un daal	14		
Pünktlich	16	De kriegt ehr Fett weg!	58
Sauer	18		
Vörbild	20	Ick weet nich, wat ick seggen schall	60
Ünnerbüxen	22		
Bestseller!	24	Mehr as söss Wöör för een „Aha"!	62
Rente!	26		
Typisch, Mann!	28	So lütt, un doch so groot!	64
Höörspill	31		
Falten	33	So'n beten „plem plem"!	66
Politik	35		
Sauber!	37	Gammelig!	68
HEM-Stiftung	40	Platt-Snacker	70
Ümtrecken!	42	Fohr bloots nich weg…	72
Windpocken	45		
Düvelskerl	47	Dat is so wiet!	74
Half vull!	49	Peerleevde	77